봄의 정치

봄의 정치

고영민 시집

창비

차
례

제1부

제2부

제 1 부

철심

유골을 받으러
식구들은 수골실로 모였다

철심이 있는데
어떻게 할까요?
분쇄사가 물었다

오빠 어릴 때 경운기에서 떨어져
다리 수술했잖아, 엄마

엄마 또 운다

영영 타지 않고 남는 게 있다면
어떤 것이 있을까

분쇄사는 천천히
철심을 골라냈다

적막

매년 오던 꽃이 올해는 오지 않는다
꽃 없는 군자란의
봄이란

잎새 사이를 내려다본다
꽃대가 올라왔을
멀고도 아득한 길
어찌 봄이 꽃으로만 오랴마는
꽃을 놓친
너의 마음이란

봄 오는 일이
결국은 꽃 한송이 머리에 이고 와
한 열흘 누군가 앞에
말없이 서 있다 가는 것임을

뿌리로부터
흙과 물로부터 오다가
끝내 발길을 돌려

왔던 길 되짚어갔을
꽃의 긴 그림자

나이 든 개

나에게는 나이 든 개가 있어요*

잘 먹지 않고
잘 걷지도 못하는

하루 종일 눈을 감고 있는

사람에게 1년이
개에게는 왜
7년인지
나는 알 수가 없어요

하지만 나에게는 늙은 개가 있어요

부르면 천천히
눈을 떠주는

* 미야가와 히로의 동화 「나에겐 검둥이란 개가 있어요」를 변
　용함.

딸기

한겨울 어둠 속
비닐하우스 한동이 하얗게
빛나고 있다
세인트버나드와 도사견의 혼혈인
투견 한마리가 혀를 길게 뺀 채
훈련용 러닝머신을 세시간째 달리고 있다
주인은 천천히 컵라면의 남은
국물을 들이켠다
개는 달린다
옆을 막아놓은 러닝머신은
멈추기 전까지
무조건 달리도록 되어 있다
달리는 개의 귀와 얼굴과 다리에
찢긴 상처 자국이 있다
옆 동 비닐하우스에 딸기가 익어간다
주인은 시계를 본다
싸워야 한다
물어야 한다
물면 놓지 말아야 한다

딸기가 익어가듯
개가 달린다

봄의 정치

봄이 오는 걸 보면
세상이 나아지고 있다는 생각이 든다
봄이 온다는 것만으로 세상이 나아지고 있다는
생각이 든다
밤은 짧아지고 낮은 길어졌다
얼음이 풀린다
나는 몸을 움츠리지 않고
떨지도 않고 걷는다
자꾸 밖으로 나가고 싶은 것만으로도
세상이 나아지고 있다는 생각이 든다
몸을 지나가도 상처가 되지 않는 바람
따뜻한 눈송이들
지난겨울의 노인들은 살아남아
하늘을 올려다본다
단단히 감고 있던 꽃눈을
조금씩 떠보는 나무들의 눈시울
찬 시냇물에 거듭 입을 맞추는 고라니
나의 딸들은
새 학기를 맞았다

시인 앞

꽃은 시인 앞에 와서 핀다
꿀벌은 시인 앞에 와서 날갯짓한다
잎새는 시인 앞에 와서 지고
군인은 시인 앞에 와서 담배를 꺼내 문다
흰 고양이는 죽는다
시인 앞에 와서
연인들은 시인 앞에 와서 입을 맞춘다
아이들은 시인 앞에 와서 뛰놀며
노인은 시인 앞에 와서 운다

누가 누구를 버린 걸까
무게를 못 견딘 나뭇가지처럼

누운 풀과 검은 돌들
긴 해바라기 꽃밭

편육

눌린 고기 속에
여자가 박혀 있다
우는 아이가 박혀 있다
뺨을 갈기는 손
황급히 자리를 피하는 발과
빼도 박도 못하는 얼굴
임산부와 노약자가 박혀 있다
아무리 떨어지려 해도 떨어지지 않는 몸
안내 방송, 짜증스러운 목소리
정체를 알 수 없는 냄새와 커터칼
구겨진 넥타이가 박혀 있다
성화 봉송 주자처럼 높이
꽃다발을 든 중년 남자가 박혀 있다
젤리처럼 쫀득한 사각의 고기 속
다급한 목소리
속이 훤히 보이는 가방 하나
떠밀려 끝내 내리지 못한
납작한 어깨가
박혀 있다

밀밭 속의 개

밀밭이 움직인다
가늘고 기다란 풀들

개 세마리
밀밭 속을 달린다

밀밭은 출렁이고
뒤엉켜 개들은 멈출 줄 모른다

안에서
밖을 만드는

밀밭이 움직인다
가까이, 멀리

밀밭 속의 개들은 보이지 않는다
바람처럼

내가 보는 네가 나를 보고 있다면

시간은 색을 갖고 싶어
잎새에 들었다
늙고 싶어 얼굴에 들었다

하루 종일 누워 있어도
일어나라는 사람
밥 먹으라는 사람 없는

무얼 잊고 싶어
시간은 아무 슬퍼하는 이 없는 죽음에 들었나

마음을 쫓는 몸처럼
몸을 쫓는
그림자처럼

더 멀리, 더 힘겹게
꺼질 듯 꺼질 듯 꺼지지 않는

한참 동안 내가 보는 네가 나를 보고 있다면

그건 아주 오래전
끝내 몰랐던 얼굴

화사한 꽃잎 뒤의 가득한 질문들처럼
도로 위에 떨어져 잔뜩 으깨진
노란 열매들처럼

흰 토끼 일곱마리는

청보리밭을 보면
나는 왜 흰 토끼 일곱마리가 떠오를까

우리 밭의 보리 싹을
누가 뭉텅뭉텅 낫으로 베어가고

아버지가 그 집을 찾아가
어린 토끼를 한마리씩 우리에서 꺼내
귀때기를 잡고
마당 한가운데 힘껏
내동댕이치는데

토끼가 먹었으니 토끼를 죽여야지!

어린 토끼는 땅을 맞고
바르르 떨다가 죽고
죽고
죽고
또 죽고

어스름 녘 일곱마리 토끼가 죽어 있는
그 집 마당
그 집 식구들

아버지가 내 손을 잡아끌며 큰 소리로
집에 가자!
토끼가 먹었으니 토끼를 죽인겨!

싹둑 베어진 청보리밭을 지날 때쯤
뒤돌아보았던
그 집 마당의 작고 어린
흰 토끼 일곱마리는

연안

걸어놓은 농어포가 봄볕에 마르고 있었다 산마늘의 새순이 돋고 있었다 여자아이가 더 어린 여자아이를 업고 있었다 이름을 묻자 여자아이는 수줍게 웃었다 한번쯤 나를 돌아볼 거라는 생각이 들었다 뜰 안의 목련나무가 잎 없이 오카리나를 불고 있었다 돌풍에 날아간 비닐들이 나뭇가지마다 걸려 있었다 돌아오는 이유가 떠나야만 하는 이유라는 듯 파도가 테트라포드에 머리를 부딪고 먼바다로 나아가고 있었다 이르지도 늦지도 않게 봄이 지나고 있었다 해안 절벽에 파란 트럭이 서 있었다 며칠째 그 자리에 서 있었다

네트

탱자나무 생울타리에
노란 탁구공들이 박혀 있다

누가 있는 힘껏 스매싱을 날렸는지
네트 한가운데
공은 깊숙이도 박혀 있다

가시에 찔리며
겨루었던
너와의 길고 힘겨웠던
맞-드라이브

5월의 탱자꽃 시절

아무리 조심해도 너에게 손을 넣을 땐
매번 손등을 긁혔다

저녁의 눈빛

눈 밑이 그늘처럼
검다

보지 말아야 할 것을 보아버린 눈처럼
자꾸만 안을 들여다보는
눈처럼

눈은 오래 바라본 것들을 닮고
눈 밑에 담아두고

그때 누가 나의 팔을 만졌을까
나뭇잎이었는지도 모른다

떨어진 검은 버찌를 밟고
손바닥으로 긴 풀을 쓸며 걷는다

아, 소리를 내본다

나는 더 어두워진다

너는 내가 보이지 않는다

내가 어렸을 적에

나에게는 젊은 엄마가 있었지
커다란 개가 있었지

가득 찬 눈물
터져나오는 웃음
빠른 발과 관절, 반짝이는 검은 머리칼,
흘러나오는 노래가 있었지

어떤 속삭임도
들을 수 있는 귀
아주 멀리까지 볼 수 있는 눈
조잘대는 입과
달콤한 코가 있었지

담장 옆의 붉은 목단, 흙의 감정
나비를 쫓던 호기심
분주한 꿀벌
다락방의 작은 유령과 행복한 그림자의 춤*
나만 알던 주문이 있었지

구름의 시간과 빗소리를 따라가던
오솔길이 있었지
흩뿌려진 별이 있었지
깊은 잠이 있었지
작은 방과 쓰러지는 집이 있었지

* 앨리스 먼로의 소설 제목.

망(望)

망은 보름달

햇빛을 받아 안은 달이 가장 둥글고
환히 빛난다는

보름날 하루보다
음력 열닷새와 열엿새 이틀인
열닷새보다 열엿새에 뜨는 달이
더 밝고 동그랗다고 믿는

당신 옆 해와 달이 일직선에 놓이는

바다가 가장 흐린
아무도 바다에 나가지 않는
고기도 없는

망을 지나 물이 죽고
주저앉아 일곱날을 우는
또 이레가 지나 관(棺)을 내린 바다 위

당신 눈매를 닮은
어린 손톱달 하나

누운 배 하나

만두꽃

늙은 어머니
목련나무 가지에 앉아
만두를 빚네
빚은 만두를 한 손 한 손
나뭇가지에 얹네
크고 탐스러운 만두는
한입에 다 먹을 수 없네
볼이 터져라
나는 만두를 욱여넣네
세상 모든 목련나무의 만두는
늙은 내 어머니가 빚어놓았으니
목련나무마다
잘 쪄낸 만두꽃이 피었네
어머니, 이제 그만
내려오세요
어머니 나무 그늘 밑으로
툭, 떨어지네

제 2 부

아지랑이

꽃은 작두 위에 서 있다

신(神)의
말 속에서

몸을 떨며
진저리 치며

가장 높은 곳에 서 있다
맨발로 서 있다

돼지를 등에 업고
칼을 입에 물고

무화과

무화과 입구로 들어간다

한번 들어가면
영영 나올 수 없는

말벌은 죽고
꽃가루를 묻힌 어린 새끼들이
무화과 밖으로 기어나온다

뒤집힌 꽃의,

꽃의 입장이라면
둥근 열매 안이
꽃의 바깥일 터
그곳에 하늘과 여우비와 죽은 말벌이 있다

나와 늙은 개와 낮잠
잉잉거리는 어린 말벌의 새끼들은
꽃 속에 있다

폐문

더덕 뿌리 하나가
유리 항아리 속에 담겨 있다
두 다리로 서 있는
사람의 형상이다
담긴 날짜가 적혀 있다
몸에서 흘러나온 무언가가
항아리 속 투명했던 액체를
호박 빛으로 바꿔놓았다
뚜껑은 단단히 닫혀 있다
참으려 해도
구멍이란 구멍에서 자꾸만
무언가가
흘러나온다

목련

숙제는 주로 낮에 해두었다

학교를 가려면
외나무 목교(木橋)를 지나야 했다
걸어가면서 나는
구구단을 외웠다

교실 안에 더 작은 교실
가방 안에 더 작은 가방
책 안에 더 작은 책
필통 안엔
달그락거리는 더 작은 필통이
들어 있었다

하굣길엔 각자 발에 꼭 맞는
신발 한켤레씩 찾아 신고 나왔다

오리 솟대를 따라
구불구불 흰 방죽을 돌았다

두부

저녁은 어디에서 오나
두부가 엉기듯

갓 만든 저녁은
살이 부드럽고 아직 따뜻하고

종일 불려놓은 시간을
맷돌에 곱게 갈아
끓여 베보자기에 걸러 짠
살며시 누름돌을 올려놓은

이 초저녁은
순두부처럼 후룩후룩 웃물과 함께
숟가락으로 떠먹어도
좋을 듯한데

저녁이 오는 것은
두부가 오는 것

오늘도 어스름 녘
딸랑딸랑 두부장수 종소리가 들리고
두부를 사러 가는 소년이 있고
두붓집 주인이 커다란 손으로
찬물에 담가둔 두부 한모를 건져
검은 봉지에 담아주면

저녁이 오는 것
두부가 오는 것

밖

아버지가 병실 창가에 서서

밖을 내다보고 있었다

하염없이 내다보고 있었다

이젠 더이상 나갈 수 없는

밖이었다

끝없이 쏘다녔던

밖이었다

꽃눈

나는 꽃눈을 보러 나오고
꽃눈은 무얼 보러 나왔나

내 눈 속에 꽃
꽃눈 속에 나

꽃이 피어나면
나 피어날까
나 피어나면 꽃도 피어날까

나는 꽃이 아니고 꽃도 내가 아니어서

나는 꽃눈을 보러 나오고
어린 꽃눈도
슬픈 나를 보았네

은행나무 사거리

뒤에서 누가 당신을 부른다면
당신은 어느 쪽으로 돌아보나요

왼쪽인가요
오른쪽인가요

당신이 돌아본 왼쪽은 어느 쪽인가요
당신이 돌아본 오른쪽은
어느 쪽인가요

그 둘 사이는 얼마나 먼가요

뒤에서 누가 당신을 부를 때
한참을 따라와 당신을 부를 때

너 지선이 아니니?
물어올 때

당신은 장바구니를 든 채

우두커니 멈춰 서서
되돌아가는 그녀의 뒷모습을 바라보면서

그녀가 내게서 본
여자가 누구일까, 문득
궁금해지고
어쩜 내가 지선이일지도 모른다는
생각이 들고

어제보다 나은

사내는 한 손으로
양의 입을 틀어쥐었다

새어나가지 못한 울음소리는
빠른 맥박을 타고
몸속 깊이 스몄다

내장 속엔
아직 소화되지 않은 풀들이 가득했다
고인 피를 그릇으로 떠냈다

무슨 생각을 하느냐고
사내는 여자에게 물었다

양가죽을 입은 여자가
밀가루와 피를 섞은 반죽을
내장 속에 채워넣고는
울음이 새어나오지 않도록
끝을 동여맸다

사육제

사료를 부어주면
수백마리의 닭이 대가리를 주억거리며
모이를 쪼았다
붉은 볏이 피어 흔들렸다

가끔씩 죽은 닭이 나왔다
다른 닭에게 항문을 쪼여
내장이 밖으로 나와 있었다
품어도 부화가 안되는 피 묻은 달걀을
잔뜩 낳아둔 채

계사(鷄舍) 옆엔 맨드라미가 피어 있었다
몇번씩 부리를 잘라줘도
붉은 것을 보면 무조건 쪼고 보는

어머니는 닭을 잡으면
벼슬하라며
볏을 잘라 꼭 나에게 내밀었다
나는 익은 맨드라미가 지겨웠다

긴 호스

호스가
수도꼭지를 물고 있다
호스는 마당을 지나
꽃나무를 쓰러뜨린 채
감나무를 지나 풀밭을 지나 사라진다
입에서 항문까지 하나로 뚫려 있는
땀을 뻘뻘 흘리는
호스

호스가 밟힌 듯 꺾인 듯
물고 있던 수도꼭지를 얼른 뱉어놓는다
수도꼭지에서 물줄기가
사정없이 쏟아진다
호스 끝에 누가 서 있을까
물은 바닥을 때리며 쏟아지고
어딘가로 흘러가고

왜 안 올까
호스를 따라 걸어오는 사람은

호스는 도대체 얼마나 긴 걸까
목을 길게 뺀 채 호스가
속수무책 바닥에만
누워 있다

닭의 입구

아내가 닭의 똥구멍에
불린 찹쌀을 집어넣는다
인삼을
대추와 통마늘과 생밤을 집어넣는다

아이들이 똥구멍에
숟가락을 집어넣고
익은 찹쌀을 끄집어낸다
깊숙이 깊숙이 숟가락을 집어넣고
찹쌀을 끄집어낸다

찹쌀과 함께
무른 인삼과 대추와 통마늘과 한톨 밤이
딸려 나온다
모두 입으로 입으로
가져간다

영영 다물지 못할,
뻥 뚫린

닭의 입구

조약돌

주머니에 손을 넣으니
내 손이 아닌 다른 이의 손이
먼저 들어와 있다

누구의 손이냐, 얼음장 같구나

손을 쥐어본다
그 손도 내 손을 꼭 쥔다

알 수 있다
이 손은 죽은 자의 손
앳된 여자의 손이다

끝까지 무언가를 움켜쥐려 했던
끝내 아무것도
움켜쥐지 못한

손을 빌려준다
따뜻한 피가 도는

더 오래 머물 수 없다는 듯
손이 슬그머니 손끝을
빠져나간다

입속의 물고기

입속에 새끼를 넣어 키우는
물고기를 보면서
식음을 전폐한 채
입속에 새끼를 넣어 키우는
물고기를 보면서
내 입이 어쩜 입이 아닐지도 모른다는

주름이 한쪽으로 몰린
잘 씹지 못해 오물거리는
혼자 중얼거리는
노모(老母)의 입이 어쩜 입이 아닐지도 모른다는

다 자라고 나서도
위험을 느끼면 재빨리
입속으로 들어가 숨어버리는 물고기처럼

숨겨주는 물고기처럼

공복이 무성한,

오래 저무는 노모의 입속에

삼킬 수도 뱉을 수도 없는

슈퍼문

달이 지구에 가장 가까이
와 있다

자꾸 해수면이 오른다

물높이를 맞추려 밥솥에 손을 담근다
잠긴 손을 바라본다

물을 조금 따라내고 다시
손을 담근다

손등이 저문다

창밖으로 한 여객기가
달의 정면을 천천히 지나고 있다

마른 행주로 달의 물기를 닦고
취사 버튼을 누른다

꺼내지 않은 젖은 손이
쌀과 함께 천천히
익어간다

여름비 한단

마루에 앉아 여름비를 본다

밑밑이 하얀
뿌리 끝이 하얀
대파 같은 여름비

빗속에 들어
초록의 빗줄기를 씻어 묶는다

대파 한단
열무 한단
부추, 시금치 한단 같은

그리움 한단

그저 어림잡아 묶어놓은
내 손 한묶음의
크기

고독

그림자 아이들이 마당에 나와 논다

엎질러진 물처럼

일거리 없는 하늘이다

피 흘린 곳에 묻어주오

하나둘 흩어진다, 아이들이

초저녁잠에 든다

내 꿈에 오너라

제 3 부

아무도 없는 현관에 불이 켜지는 이유

스위치를 올리지도 않았는데
꽃들이 공중에
불을 환히 밝혀놓았다

너무 밝나?
이렇게 밝아도 되나, 세상이

이 밝음이 왠지 나는 불안하고
내 것이 아닌 것 같고

꽃나무 아래
누군가는 묵은 그림자를 몸에 두르고 와
훌쩍훌쩍 울고 있으니

몰래 누가 왔다 가나
아무도 없는 현관에 불이 켜지는 이유처럼

저 나무 아래로
모습도 없이

웃으면서 이별을

태종대 아래까지 한참
걸어 내려갔다
해삼 멍게 한접시에 소주 한병을
애인과 나눠 마셨다
낮술에 불콰해진 얼굴로
헉헉, 팥죽땀을 흘리며 얼마를 다시 걸어 올라왔던가
문득, 입고 왔던 애인의 겉옷이
보이지 않는다
난간에 기대어 까마득히
아래를 내려다봤다
평상 위 재갈매기처럼
옷 한벌이 앉아 있다
내가 애인을 빤히 쳐다봤다
애인도 나를 빤히 쳐다봤다
표정을 살피며 조심스레
애인에게 말을 건넸다
우리 그냥 저 잠바 못 본 걸로 할까
흘기듯 웃으며
애인이 고개를 끄덕였다

매화꽃 둘레

매화꽃 둘레에 나는 서 있고
비탈진 매화꽃 둘레를 사람들은 돈다

건너편
놀이공원 공중으로
즐거운 비명 소리가 터진다

햇빛 한줄기를 들고
봄이 막 오고 있었고
영민아, 하고 부르는 소리가 들렸다

언제 또 이렇게 되었나
나는 돌아보았던가
두고 왔을 리 없는 사람 하나
보이지 않는다

매화꽃 둘레에 주저앉아
엉엉 울었던가
궤도를 돌아온 몇량의 햇살이

다시 출발선에 와 멈춘다

또 한 무리의 사람을 태운
롤러코스터가 희고 붉은 어지럼증을 끌어안고
추운 공중으로
빠르게 빠져나간다

옥상

길 옆 풀숲에 신발 한켤레가
가지런히 놓여 있다

어디로 뛰어내린 걸까, 여자는

높이 없는
이곳에서

발밑을 내려다본다
까마득하다

누가 등 뒤에서 밀었을까
저녁 햇살에 어깨 기운 그림자가
난간 위에 선다

맨발의 여자가 머리가 깨진 채
바닥에
쓰러져 있다

느시

느시라는 새를 알고 있나요
느시는 덩치가 아주 커요
날 수 있는 새 중에
가장 무거워요

무거운 몸으로 날 때의 날개는
얼마나 클까요
얼마나 강할까요

느시는 왜 새일까요
끝끝내 왜 새일까요

느시가 날아요
무거운 구름처럼
쇳덩이처럼

복숭아와 사귀다

사 온 다음 날부터 하나둘
복숭아가 썩기 시작한다
작정한 것처럼

과즙을 뚝뚝 흘리며
두개 세개 무른 복숭아를 먹어치운다
복숭아도 질세라 부랴부랴
썩는다

누가 먼저 먹어치우고
누가 먼저 썩어버리는지
내기라도 한 것 같다

자고 일어나니
또 몇개 썩어 있다

썩은 곳을 도려내고
끈적한 손으로 성한 부분을
먹는다

한 상자 복숭아를 고스란히
다 먹겠다는 것은 욕심

누구든 집에 복숭아를 들이면
반은 먹고 반은 버린다는
생각

밤의 기억

누가 나에게 먼저
와 있는 것 같다

서로 보지 않으려 해도
서로가 보이는

미리 구덩이를 파놓고
뭔가를 넣는 소리
흙을 덮는 소리

심장이 멎을 듯 멎을 듯
뱀눈 뜨는 소리

입이 트이고
귀가 트이는

똑, 똑
어린 딸이 발밑에 종이 한장 깔아놓고
손톱을 깎는

개가 자꾸만 문을
긁는 소리

베고니아

가끔 사무실에 오는
화분 관리사는 내게 말한다

저 창가 식물은
대부분 물을 많이 줘서 죽어요
몸 자체가 물이거든요
가급적 물을 적게 주세요

그녀는 또 훌쩍훌쩍
울기 시작했다

활짝 피어서

송편

송편을 빚는다

무른 반죽을 떼어 손바닥 위에 굴린다
엄지로 옴폭하게 모양을 만들고
소를 넣어 끝을 여민다

지난 한가위엔 팔순의 아버지와 함께
마루에 앉아 송편을 빚었지
아버지는 송편을 참 예쁘게도 빚었네
송편을 예쁘게 빚어야
예쁜 딸을 낳는다

올 한가위엔 아버지가 없고
아버지가 빚은 기름한 송편도 이 세상에 없고
쪄내면 푸른 솔잎이 붙어 있던
뜨끈한 반달 송편 하나
선산엔 아버지를 넣고 빚은 커다란
흙 송편 하나
그리고 나에게는 딸이 둘

톱밥 꽃게

모래 속에 있다고 착각하는 걸까
톱밥 속의 꽃게는

당신을 내려다본다
등딱지에 흰밥을 비벼주던

배 속에 가득 차 있는 것은
암이 아닌
알일까

서산 꽃지바다에서
유자망에 걸려 당신은 여기까지 와 있다

무슨 맛일까
아무것도 먹지 못한 채
조금씩 제 살을 파먹는 맛은
천천히 죽는 맛은

살이 다 빠져나간

빈 껍데기의

죽었나, 살짝 건드려보면
집게발을 들어 내 손을 무는

톱밥 속의 어머니는

어항

금붕어가 죽었다
지느러미가 물풀처럼 하늘거리던
주황색 녀석이었다
엊그제부터 움직임이 둔하더니
오늘 아침 물 위에 누워 있었다
금붕어를 손으로 건져냈다
어떻게 처리해야 할지 몰라
한참 손에 들고 있었다
아내는 그냥 음식물 쓰레기통에 버리라 했지만
아무래도 그건 아닌 듯하여
밖으로 들고 나와 화단 흙에 묻어주었다
물에서 살던 것을
흙에 묻어주는 것이 맞나
더 큰 물에 던져주는 것이 맞지 않나
쓸데없는 생각도 했지만
다시 흙을 파지는 않았다
금붕어를 묻어주고 돌아온 나에게 아내가
어휴, 당신은 정말 못 말려! 한마디 던진다
어항 속을 들여다보았다

어제까지 세마리 금붕어와
한마리 제브라다니오가 있었는데,
이젠 두마리 금붕어와
한마리 제브라다니오가 있다

얼굴에 남은 베개 자국

자고 일어난 지가
한참인데
얼굴에 베개 자국이 남아 있어

아직 잠 속에 있는 걸까, 나는
환한 낮을 곁에 두고

식탁에 밥을 퍼다 놓고
거울을 들여다보면
움푹 들어간 베개를 자꾸만 고쳐 베어야 하는
이건 너무 큰 어둠이어서

이마와 뺨 한쪽
베개 자국을 두른 채

나는 어쩜 잠 속에서 태어난 사람
잠의 말을 듣고
잠의 말을 전하는

어둠은 구절초 말린 것과 메밀껍질로 속을 채워넣었으니,
베개처럼

푹신해서

복자기나무에 물이 들다

우리는 다 알면서도 묻지
그냥 대답이 듣고 싶어서

아무 일 없었다는 듯
나는 복자기나무에게 묻고
복자기나무는 물이 든다

원치 않았으나
피할 수 없었던 일
알고 있던, 그러나 영영 몰랐던 일

어린 딸과 함께
삽을 들고 나가
얼굴에 바둑점이 있던
검정개를 묻어주고 오던 저녁처럼
그 저녁의 기도처럼

가을은 여름을 거두어가고
초록은 붉음으로 바뀌고

옛날은 가는 게 아니라 자꾸만 오는 것이어서

나는 또 복자기나무에게 묻고
복자기나무는
물이 든다

소녀

비가 와
물웅덩이가 생겨나 있다

작고 아름답다

소녀는 이제 물웅덩이 속에 없다
물웅덩이를 봐도
지나쳐버린다
차박차박 물을 차고 건너던

물웅덩이를 들여다본다
한때 소녀가 살았던
잠을 자려 불을 끄는
맑게 갠 하늘의 한쪽을 여전히 비추는
금세 말라 사라져버릴

빛나는
그 눈의 말을

엉겅퀴

얼굴은 어둠의 것
자고 나면 사라지는

밤의 낮과
낮의 밤

어둠은 얼굴의 것

오래된
고독의 것

제 4 부

깊이

산자락이 여강에 내려앉아
입술을 만들었다
독사 스무마리쯤 길들이는 마음으로
입을 꼭 다물고 있다
낚싯줄을 더 내린다
말을 얻기까지

가난의 증명

나는 가난해서
당신을 사랑할 수 있습니다
나는 당신께 가난을 밝히고
가난을 증명하고 싶습니다
저는 가난합니다
정말 가난합니다
도무지 가난을 벗어날 수 없습니다
태어날 때부터 가난했고
가난을 먹고
가난을 입고
가난의 얼굴을 물려받았습니다
가난은 나의 삶 자체이기에
나는 지금 나의 상황이 얼마나 절실한지
당신께 간곡히
말하는 중입니다

지퍼

여자는 무표정하게
장어의 눈에 못을 친다

검은 몸통에서
점액이 뿜어져 나온다

손잡이를 달듯
등 쪽에
칼을 깊이 밀어넣는다

여자는 어떻게
길고 징그러운 장어의 몸에
지퍼를 달 수 있었을까

──여보, 등 지퍼 좀 올려줄래요?

척추에서 꼬리까지
지퍼를 내린다

기수역(汽水域), 강과 바다가 맞물린

지퍼 사이로

장어의 긴 속살이

드러난다

저녁으로

누가 올 것만 같다
어두워져가는 저 길 끝
누가 올 것만 같다

조금만 기다리면
조금, 조금만 더 기다리면

일어설 수 없다
가버리면 영영 후회할 누가 올 것만 같다
청미래덩굴 너머
길은 조금씩 지워지고
뭉개지고
그래도 여전히 누군가는 오고
손짓하고
소리치고

지워지고 있다
기다리는 내가 지워지고 있다
누가 올 것만 같아 기다린 내가

만질 수도 안을 수도 없게
지워지고 있다
하지만 기다리고 있다
누가 올 것만 같아

목단

어린 시절 그 집 앞을 지날 때면
너 여자지?
놀리던 할아버지 한분
목단 붉게 핀 마당 한켠을 빌려 서 있던

아니에요 저 남자예요, 대꾸를 하면
너 여자 맞아!
웃으시던

늘 조마조마하던
빨리 지나치려 뛰어가던
일부러 멀리 돌아서 가기도 하던
그 집 앞

언제부턴가 마당은 텅 비어
목단만 혼자 붉던

그 집 앞을 지날 때면 아직도 들려오는
너 여자지?

너 여자지?

할아버지 목소리

풀을 벨 때

아버지를 따라 산소에 갔다

아버지는 어린 내게
낫으로 풀 베는 법을 알려주었다

아버지는 천천히
자신의 몸 쪽으로
낫을 당겼다

두엄

사내의 머리와 어깨에서
김이 피어올랐다

얼었다 녹은 손
감겨 올라오는 면발과 그릇
입에서도 수북한 김이 뿜어져 나왔다

같은 이야기를 갖고
어떤 모양을 만들었다가 김은 천천히
어딘가로 사라졌다

안경과 유리창에
김이 서려 있었다

또 한 사내가
지그시 문을 밀고 들어왔고
온몸에서 모락모락
김이 피어오르기 시작했다

붉은 입술

식당에서 내준 물컵에
립스틱 자국이 그대로 남아 있다

주인을 부를까 하다 그만둔다
누구의 입술일까
입속으로 미지근한 물이 엎질러진다
물은 목 끝을 넘어 몸 곳곳으로 퍼진다

컵에 고스란히 입술이 남는다
입술을 댄 자리에
입술을 댄다
겹쳐지는 입술
닳고 닳은 입술

입술을 문질러 닦는다
지우려 해도 지워지지 않는 입술들

입술을 피해 입술을 문다
붉고 도톰한 입술이 아직도

컵을 물고 있다

상류

방금 지하철에서 내린 여자가
다시 반대편 플랫폼으로 건너가고 있다
내릴 곳에서 얼마를 지나쳐 왔을까

사육사가 던져준 고깃덩어리를
늑대는 씹지도 않고 삼킨다
삼켰던 고깃덩어리를
새끼들 앞에 고스란히 게워놓는다

반쯤 열린 입
목 좁은 바위 사이
진저리 치는
배 바닥

돌들이 부드러워져 있다
물속 실금이 가 있다
어미 외엔 어느 누구도 내려갔던 길을
거슬러 오르지 않는다

상류에
내 죽은 어미가 산다

튜브

튜브에 넣었던 바람을 빼면서
한 숨 한 숨 부풀어올라
팽팽해진 둥근 튜브의 바람을 빼면서

튜브가 죽고 있다는
한 목숨이 사그라지고 있다는

누가 내 몸에 자꾸만
더운 바람을 불어넣었나
숨이 차오르고, 부풀어오르고
둥둥 뜨고
뜨거운 모래사장 위에 버려지고

아가, 이젠 집에 가야지
묻은 모래를 털어내고
너를 꼭 끌어안은 채 여름을 건너간다
출렁이듯 나는 높아졌다
낮아진다

구멍이란 구멍에서 바람이
새어나간다
어린 등이 점점 허물어지고
얼굴이 빨개지도록 거듭 네 입속에 불어넣었던
숨, 숨들이 한꺼번에
빠져나간다

순한 개

집 앞 슈퍼에는 백구 한마리가 있다
백구는 순한 개
하루 종일 줄에 묶여 있는 백구는
제 옆에 똥을 석 삼(三) 자로 싸놓고
사람들이 지나가면
아무한테나 조 이삭 같은 꼬리를
흔들어주거나 앞발을 들어 컹컹, 반기곤 한다
사람들은 그냥 지나치려다가도
개가 참 순하네, 하며
발을 멈춰 멀찍이 손을 뻗쳐 머리통을 쓰다듬거나
핥도록 손을 잠깐 내주곤 한다

백구는 순한 개
나 역시 퇴근길마다
컹컹, 반기는 백구에게 다가가 머리통을 쓰다듬거나
핥도록 손을 잠깐 내주곤 하는데
가끔 술에 취해 집으로 돌아오는 날은
아예 땅바닥에 서류 가방도 내려놓고
오랫동안 백구 앞에 쭈그리고 앉아

머리통을 쓰다듬거나
아예 얼굴까지 내맡기는데
그러면 백구는 세상에서 제일 부드러운 혀로
내 눈이고 코고 입이고 볼을
구석구석 참, 달게도
핥아준다

액자

거실에 커다란 창 하나 걸어두고 풍경을 들여다본다 어제는 눈 내리는 풍경을 보여주더니 오늘은 햇살 좋은 동양화 한폭을 걸어둔다

아침부터 솔개 한마리 원을 그리며 하늘 한복판을 날고 있다 오후에는 산에서 사람이 내려왔다 빛이 모이고 흩어지고 어떤 열기가 모이고 열기에 이끌려 나는 한곳을 오래 들여다보았다 어스름이 내리자 풍경은 먹물을 포갠다 처음엔 묽게 뒤로 가면서 진하게, 반대로 먼저 진하게 나중에 묽게 쓰기도 한다 농담(濃淡)이 쌓이면서 깊이를 갖는다

저녁엔 비가 왔고 나는 조금 울었다 올겨울 속으로 사라진 젊은 날의 어머니가 액자 속 흰 자작나무 아래를 종일 떠나지 않았다

액자를 떼어내고 나서야 액자가 걸렸었다는 것이 더 뚜렷해지는 이유는 뭘까 어둠에 얼굴을 대어본다 오늘의 비가 어제의 눈인 것처럼, 안도 밖도 아닌 차가운 액자는 또 머지 않아 흐르는 개울과 고리버들을 담아놓을 것이다

조숙

한겨울에
개나리가 피어서

누구는
미친 개나리
철모르는 개나리라고

개나리는 피어
노랗게
찬물에 쌀을 씻어 밥을 안치듯
쪼그리고 앉아
떨면서
혼자 중얼거리면서

개나리는 일찍도 피어
일찍도 지고 있다

불 냄새

하동 토지문학제
숙소로 배정받은 한옥집 부엌에
아궁이 두개가 있어
나랑 유홍준 시인이랑 누가 더 불을 잘 때나
시합을 하게 됐다
서로 촌놈임을 자랑하며
아궁이에 불 때는 것만큼은
누구한테도 지지 않는다며
큰소리를 쳤다
심판은 이창수 시인이 봤다
유홍준 시인이 먼저 장작에 불을 붙였다
내 아궁이를 넘겨다보며
쟤 봐라, 여적 불도 못 붙였다
빈정거린다
두 아궁이에 장작불이 나란히 달린다
이런 저녁이 있었지
아궁이 깊숙이 장작을 밀어넣던
내 불은 자작자작 얌전하고
유홍준 시인의 불은 주인을 닮아

아궁이 밖으로 자꾸만 치고 나온다
두 사내의 몸에서 오랜만에
구수한 불 냄새가 난다
굴뚝처럼 서 있던 이창수 시인이 판정을 내렸다
고영민 승!

꽃의 얼굴을 하고

옛 절집으로 향하자면
울창한 동백숲을 지나야 하네
숲은 뒤틀린 나무둥치와 짙고 무성한 잎으로 가득하지
가지마다 크고 단단한 꽃눈을 달고 있지
닫혀 있지
함께 걷는 당신의 마음도 닫혀 있지
나의 고백은 벌써 이 숲의 절반을 지나왔네
올해 꽃소식은 왜 이리도 늦을까
성급히 꽃을 틔운 가지도 보이지만
내내 기다린 화답은 아닐 터
보폭을 따라 조금씩 열리는 가지마다의
붉은 빛깔
길게 이어진 길을 따라와
당신에게서 숲의 내력을 다 듣기도 전
이미 걸음은 끝자락에 닿아 있는데
사랑은 저렇게 꽃의 얼굴을 하고
열릴 듯 말 듯 애간장을 태우는 시간일까
숲을 벗어나자
주춧돌이 흩어진 폐사지가 나오고

붉은 그늘이 내려앉은 석등 옆
당신은 온몸에 꽃눈을 달고 선 채
자신은 이제 여자로서의 문을 영영 닫았다 말하고
머리를 숙여 천천히 돌아서는
이른 봄날의 긴 저녁에

자두

이 밤에 누가 리코더를 분다

안 보이는 곳에서
자두가 오고
여름이 오고 있다

쏟아져 나오는
향과 과즙

깊고 캄캄한 곳에서
길어 올린다
소리를
열매를
빛깔을

물큰 비 냄새가 온다

여름을 배우느냐
땀을 뻘뻘 흘리며 리코더를 부는

자두와 아이에 대해
나는 말할 게 없다

얼굴의 가장 먼 쪽을
만진다

한입 베어 먹기 전

국도변 옥수수밭

국도변에 옥수수밭이 있다

사람들이 차를 세워놓고
옥수수밭으로 들어간다

옥수수밭엔 여기저기 똥 덩어리가 있다
오줌 소리가 있다

젊은 남녀가 발밑의 똥을 피해
깊은 옥수수밭으로 들어간다

옥수수밭으로 아이들이 사라진다

발가벗은 남녀가
옥수수밭에서 뛰쳐나온다

옥수수밭의 골목과 비탈
옥수수밭의 음모, 무거운 발자국들

옥수수밭 옆에 온종일 경찰차가 서 있다

옥수수밭으로
쏴아, 소나기가 지나간다

붉은 수염을 매단 한 무리의 아이들이
깔깔거리며
옥수수밭에서 걸어나온다

물의 목수

저녁 강물에 독산(禿山)의 정자 한채가
드리워져 있다
물에 비친 산과
정자 한채

강물은 수면에 집 한채를 세우기 위해
얼마나 숨을 고르고
마음을 가다듬었을까

세우고 허물기를 수십 수백번
저녁 강물에 터를 닦아
네개의 주춧돌 새로 놓는다
서까래를 올리고 누마루에 계자난간을 두른다
풍덩 빠질세라
팔작지붕에 조심스레
기왓장을 포개 얹는다

편액에 친필의 금수정(金水亭)
세 글자

물에 지은 정자 마루에
한 사람이 앉아 있다
독락의 먼 하늘과 구름이
내려와 있다

우리는 다 알면서도 묻지

안지영

온통 꽃밭이다. 목련에 매화꽃에 베고니아, 엉겅퀴, 목단까지. 꽃이 지천인데도 고영민의 이번 시집에는 생의 활력이 아니라 죽음의 그림자가 오롯하다. 시인은 봄밤을 그득히 채우는 꽃들을 보면서 "이렇게 밝아도 되나, 세상이"(「아무도 없는 현관에 불이 켜지는 이유」)라며 불안과 시름에 젖는다. 꽃을 바라보는 그의 마음에는 막막한 여운이 남고, 그는 한참 동안 허공 중에 시선을 놓아둔다. 생의 정점에서 이내 지고 말 꽃의 운명을 가만히 사념하는 것은 언젠가 다가올 죽음을 바라보는 자세와 다르지 않다. 계절마다 피고 지는 꽃처럼 인간의 죽음 역시 영원의 흐름 속에서 반복되는 심상한 일처럼 느껴지면서, 허무하기도 평온하기도 한 마음이 찾아오는 것이다. 그렇게 죽음이 막연하게 느껴지지 않게 되면서 죽는다는 것이 두렵거나 슬프거나 하기보다 조금 아쉽고 아까운 마음이 드는 것은 아닐까.

하여 이런 생각이 들기도 한다. 나이가 든다는 것은 인생사에 일희일비하지 않을 만큼 현명해진다는 의미이기도 하겠으나, 할 수 없는 것이 하나둘 늘어간다는 의미이기도 하다. 다만 무력해지는 만큼 무언가를 담아낼 수 있는 마음의 여백이 늘어나서 그전까지는 눈에 들어오지 않던 바깥의 풍경들이 반짝거리며 박혀 들어오는 것이다. 그런데 그 풍경은 누구의 소유라고 할 수 없는 묘한 객관성을 띤다. 서정시는 서정적 자아의 고백에 의해 운용되는 장르이다. 하지만 그것이 어떠한 정점에 이르게 되면 고백의 주체로서의 '나'는 무화되고 시적 화자조차 풍경의 일부가 되어버리는 순간이 온다. 어떠한 문학이라도 오롯이 '나'의 내면으로 귀착되지는 않는다. 죽음에 가까워질수록 내면은 벽을 쌓으며 견고하게 깊어지는 것이 아니라 바깥 풍경과 분별되지 않는 것으로 열어진다.

고영민의 이번 시집에 반복해서 출현하는 꽃 역시 서정적 자아의 내면이 투사된 자연물로서가 아니라 화자의 내면을 어둠으로 물들이는 낯선 사물로서 등장한다. 밀도와 깊이를 지닌 사물로서의 꽃은 '나'에게 근심과 불안을 불러일으키는 한편 보이는 것 너머에 있는 것을 상기시킨다. 꽃은 시인이 존재론에 대해 사유하게 되면서 발견한 대상물이다. 꽃의 사물성, 혹은 죽음의 깊이는 일상에 매몰된 채 살아가던 탓에 보지 못하던 것을 보게 만든다. 그리하여 우리는 사물의 비밀스러운 깊이를 관통하는 법을 연습할 수 있게 된다. 시인은 사물에 '너'라는 이름을 붙이고 보이는 것의 껍질을 파고들어가 사물의 본질에 닿으려 한다. 그것은 내가 보는 것인 줄만 알았는데 실은 너도 같이 보고 있었다는 시선의 마주침이다. 시인은 "내가 보는 네가 나를 보고 있"(「내가 보는 네가 나를 보고 있다면」)는 차원에 이름으로써 부재의 방식으로 이 세계에 현전하는 것을 드러내려 한다.

나는 꽃눈을 보러 나오고
꽃눈은 무얼 보러 나왔나

내 눈 속에 꽃
꽃눈 속에 나

꽃이 피어나면
나 피어날까
나 피어나면 꽃도 피어날까

나는 꽃이 아니고 꽃도 내가 아니어서

나는 꽃눈을 보러 나오고
어린 꽃눈도
슬픈 나를 보았네

——「꽃눈」전문

본다는 것은 보는 자의 사건도, 보이는 사물의 사건도 아니다. 보는 자가 자신을 보고 있는 사물을 보는 사건이다. 메를로퐁티에 의하면 이러한 근원적인 바라봄의 경지에 도달했을 때 보는 자는 사물의 깊이 안에서 태어나며, 사물도 보는 자 속에 침투하게 된다고 한다.* 보는 것은 사물의 깊이로 침투해 들어가 그 비밀스러움을 통찰해내는 행위인 셈이다. 시인은 사물의 본질을 꿰뚫어보는 자인 동시에 그 자신도 사물에 의해 바라봄의 대상이 되기도 한다. 「꽃눈」에서 이는 '나'와 '꽃'의 시선이 서로 얽히는 장면으로 재현된다. 시적 화자는 자신을 바라보는 꽃의 시선을 느끼고, 보는 자와 보이는 사물 사이에는 마법적인 관계가 맺어진다. 보는 자는 보이는 존재 없이는 존재하지 못한다. 그런 의미에서 보는 자의 능동성은 수동적인 것이기도 하다. 이와 같은 내밀한 연관은 단독자로 존재했을 때에는 불가능했을 생성을 가

---

* "나는 사물들에게 나의 몸을 빌려주고, 사물들은 나의 몸에 등재되어 나를 사물들과 흡사하게 만드는, 사물들과 나 사이의 이 마법적 관계, 이 계약; 바로 나의 시각인 보이는 것의 이 주름, 이 중심적 공동(空洞); 보는 자와 보이는 것의, 만지는 자와 만져진 것의 이 거울상 두 열, 이러한 것들은 내가 기초로 삼고 있는 밀접히 결속된 체계를 형성하며, 일반적 시각과 가시성의 항구적인 체계를 규정한다." ── 메를로퐁티 『보이는 것과 보이지 않는 것』, 남수인·최의영 옮김, 동문선, 2004, 209면.

능하게 한다.

　여기서 서로 연관된 두 존재는 동일성으로 환원되지 않는다. "나는 꽃이 아니고 꽃도 내가 아니어서" 감각하는 자와 감각되는 사물이 근본적으로 분열되거나 분리되어 있다. 하지만 주체와 대상 간의 분열이 꼭 부정적인 것만은 아니어서 둘 사이의 분리를 통해 몸의 기관들이 교류하고 한 몸에서 다른 몸으로의 전이가 일어난다. 의식이 보지 못하는 것이 있기에 보는 것이 가능하다. 다시 말해 안과 밖은 분리되어 존재하는 것이 아니라 각자가 존재의 부분이자 총체로서 중첩되어 있는 것이다. 이처럼 사물을 깊이가 있는 것으로 인식하는 주체는 보이지 않는 것과 중첩된 보이는 것에서 무한한 의미를 발견한다. 우리는 여러 얼굴을 지닌 존재의 모든 면을 인식할 수 없다. 그저 사물의 껍데기만 보고 그것을 전부라고 착각하기도 한다. 하지만 시인이라면 비가시적인 세계의 깊이를 드러내기 위해 길들여지지 않은 시선으로 세계를 바라보아야 한다. 다음 시에서처럼 말이다.

　　무화과 입구로 들어간다

　　한번 들어가면
　　영영 나올 수 없는

　　말벌은 죽고

꽃가루를 묻힌 어린 새끼들이
무화과 밖으로 기어나온다

뒤집힌 꽃의,

꽃의 입장이라면
둥근 열매 안이
꽃의 바깥일 터
그곳에 하늘과 여우비와 죽은 말벌이 있다

나와 늙은 개와 낮잠
잉잉거리는 어린 말벌의 새끼들은
꽃 속에 있다

　　　　　　　　　　　　　　　—「무화과」 전문

'나'는 무화과가 아니고 무화과 역시 '나'가 아니다. 말벌
은 무화과가 아니고 무화과 역시 말벌이 아니다. 이들의 세
계는 근본적으로 분열되어 있지만 분리되면서도 연결되어
있다. 이것이 고영민이 발견한 지각의 현상학이다. 안에서
바깥으로, 바깥에서 안으로 시선이 중첩되면서 운동이 일어
난다. 무화과는 꽃이 열매 안에 있다. 말하자면 안과 밖이 뒤
집힌 꽃이다. 해서 바깥에 있는 이들은 안에 있는 꽃을 보지
못하고 꽃이 없다고 한다. 하지만 꽃의 입장에서 볼 때 안은

곧 "하늘과 여우비와 죽은 말벌이 있"는 바깥이다. 그렇게 안과 바깥의 중첩과 혼효에 의해 꽃가루를 묻히고 기어나오는 말벌의 어린 새끼들이 꽃 없는 꽃의 열매로 변신하는 것을 보라. 고영민은 이렇게 보이는 것과 보이지 않는 것, 의미와 무의미의 내밀한 관계를 안과 밖으로 변주한다. 이 역설적인 관계에서 여백이 생겨나고, 거기에서 어린 말벌들이 기어나오듯 시적 사건이 일어난다.

"안에서/밖을 만드는"(「밀밭 속의 개」) 생성에 의해 "안 보이는 곳에서/자두가 오고/여름이 오"(「자두」)는 풍경을 시인은 가만히 응시한다. 이는 부재와 존재의 역설적 관계이기도 하다. "액자를 떼어내고 나서야 액자가 걸렸다는 것이 더 뚜렷해지는"(「액자」) 것처럼 부재로 인해 존재가 드러나게 된다. 꽃의 없음이 다만 보이지 않을 뿐이지 실제 존재하는 세계의 깊이를 의미하는 것처럼, 부재는 사물의 깊이를 감지케 한다. 사물의 깊이가 주체가 파악할 수 없는 심연의 공간이라고 할 때, 이 무의미의 공동(空洞)으로 말미암아 의미의 운동이 가능해진다. 시인은 사물의 깊이에 닿아 사물로 하여금 스스로를 내보이게 하는 존재이다. 사물의 깊이를 보는 자로서 시인은 사물을 끊임없이 태어나게 한다. 보는 자와 사물은 서로에게 침투하여 얽히고 융합하는 과정을 거친다. 무화과와 말벌이 보이지 않는 심연에서 서로 의존하고 융합하여 열매를 맺는 것처럼 말이다.

세계의 깊이를 보는 자로서 시적 화자는 개별자이면서 동

시에 우주적인 본질에 의한 익명성을 띤다. 고영민의 이번 시집에서 시의 호흡이 대체적으로 짧아진 것은 의미와 무의미, 보이는 것과 보이지 않는 것을 연결하면서 그 사이에 시적 전이가 일어날 수 있는 틈새를 만들어내는 이러한 시론의 모색과 더불어 이해된다. 시인은 이제 시와 거리낄 것이 없는 오래된 사이가 되어서 구구절절 설명할 필요가 없어진 듯 편안해 보인다. 그는 능숙하게 대상과 들숨과 날숨을 주고받으며 시에 숨구멍을 만들어낸다. 띄엄띄엄 행간마다 의미가 매끄럽게 이어지지 않아 시는 길이에 비해 읽어내는 속도가 더디다. 우리가 고영민의 시를 읽기 위해선 이 호흡에 익숙해져야 한다. 문장과 문장 사이에서 벌어지는 시적 사건을 무엇보다 자신의 몸으로 체득해야 하는 것이다. 이로써 시는 시인의 소유물이 아니라 우리 모두의 것이 된다. 시인은 선험적으로 존재하는 것이 아니다. 시적 사건과 마주함으로써 사후적으로 탄생하는 존재일 따름이다.

꽃은 시인 앞에 와서 핀다
꿀벌은 시인 앞에 와서 날갯짓한다
잎새는 시인 앞에 와서 지고
군인은 시인 앞에 와서 담배를 꺼내 문다
흰 고양이는 죽는다
시인 앞에 와서
연인들은 시인 앞에 와서 입을 맞춘다

아이들은 시인 앞에 와서 뛰놀며
노인은 시인 앞에 와서 운다

누가 누구를 버린 걸까
무게를 못 견딘 나뭇가지처럼

누운 풀과 검은 돌들
긴 해바라기 꽃밭

———「시인 앞」 전문

시인은 타자의 시간으로 침투하여 이미 우리가 알고 있는 것에 대한 답을 들려준다. 꽃, 꿀벌, 잎새 등 말을 하지 못하는 자연물뿐만 아니라 군인, 연인들, 아이들, 노인 등 언어를 지닌 인간을 대신해서 말을 하고, 누군가를 대신해서 울고 웃는다. 별 의미를 지니지 않은 것으로 흘러가버릴 수도 있는 순간들이 시인 앞에서 시적인 것으로 변화한다. 시인은 그렇게 의미를 실어 나르는 매개자가 된다. 자신의 의미를 발견해달라는 듯 시인 앞에 와서 무언가를 말하는 사물들과 눈을 맞추고 그들의 이야기를 들어주는 것이다. 굳이 해석을 덧붙이자면, 이는 릴케가 '시적 변용'이라고 말한 사건과 같은 것이 아닐까. 그러니까 시인은 눈에 보이는 바깥세계를 보이지 않는 내면세계로 변용하고, 이를 통해 초라하게 사라져가는 일상에서 시적인 것을 생성해내는 것이다.

이 세상의 모든 사물에는 자기만의 고유한 늙음의 속도라는 것이 있다. 봄이 오는 속도와 가는 속도가 다르고 꽃이 피는 속도와 지는 속도가 다르듯이, 사물마다 종(種)마다 각기 다른 속도가 자신의 늙음을 맞이한다. 시인은 그러한 사물의 시간과 "두부가 엉기듯"(「두부」) 감응하면서 일인칭을 버리고 풍경에 물들어간다. 그러니까 변용은 시인 바깥에서 일어나는 것이 아니다. 시인은 어떠한 시적 사건과 마주침으로써 다른 존재가 된다. 그러기 위해 그는 오롯이 한참을 더 어두워져 타자의 무게를 견뎌야 한다. 그 무게를 견디지 못하고 부러지고 마는 나뭇가지처럼 고통을 감내해야 할지도 모른다. 「시인 앞」의 마지막 구절 "누운 풀과 검은 돌들/해바라기 꽃밭"은 그러한 시인의 내면에 펼쳐진 고독하고 적막한 풍경이다. 어두워져 가는 그 풍경 속에서 시인은 죽음에 대해 쓴다.

청보리밭을 보면
나는 왜 흰 토끼 일곱마리가 떠오를까

우리 밭의 보리 싹을
누가 뭉텅뭉텅 낫으로 베어가고

아버지가 그 집을 찾아가
어린 토끼를 한마리씩 우리에서 꺼내

귀때기를 잡고
마당 한가운데 힘껏
내동댕이치는데

토끼가 먹었으니 토끼를 죽여야지!

어린 토끼는 땅을 맞고
바르르 떨다가 죽고
죽고
죽고
또 죽고

어스름 녘 일곱마리 토끼가 죽어 있는
그 집 마당
그 집 식구들

아버지가 내 손을 잡아끌며 큰 소리로
집에 가자!
토끼가 먹었으니 토끼를 죽인겨!
싹둑 베어진 청보리밭을 지날 때쯤
뒤돌아보았던
그 집 마당의 작고 어린
흰 토끼 일곱마리는

그야말로 선연한 흰빛이다. 토끼의 흰 빛깔은 청보리밭의 청량함과 대조되어 징그럽기까지 한 죽음을 상기시킨다. 칸딘스키는 흰색을 모든 색깔이 날아가버린 세계의 상징과 같다고도 하였다. 아무런 소리도 들리지 않는 침묵의 시간처럼 일시 정지해버린 순간 속에서 흰빛이 출현한다. 파릇파릇한 청보리밭을 보면서 시인은 이 침묵의 순간을 떠올린다. "바르르 떨다가 죽고/죽고/죽고/또 죽고", 가녀린 흰빛 속에 반복해서 죽음의 사건이 벌어진다. 그 죽음은 누구도 아닌 자신의 죽음인 것만 같아서 어린 토끼를 사정없이 내동댕이치는 아버지의 그악스러운 분노가 원망스럽기만 하다. 살아간다는 것은 그처럼 죽음을 견뎌야 하는 잔인하고 매정한 일이기도 할 것이다. 다만 그것을 받아들이는 마음 역시 토끼를 땅바닥에 내동댕이치는 마음만큼이나 간단치가 않은 것이다.

어쩌면 시는 우리가 익히 알고 있는 사실의 반복일지도 모른다. 그럼에도 우리는 그저 대답이 듣고 싶어서 시를 읽으며 묻고 또 묻는 것이다("우리는 다 알면서도 묻지/그냥 대답이 듣고 싶어서", 「복자기나무에 물이 들다」). 해서 시인은 과거의 사건을 반복하면서 필연적으로 찾아올 죽음을 받아들이지 못하는 어리석은 마음에 대해 자꾸만 써보는 것은 아닌가. 고영민의 이번 시집을 받아든 이들은 군더더기 없이 단

125

순해진 시의 깊이에 놀랄 것이다. 표면이나 현상을 담담하게 서술한 문장들 뒤에 적막한 고독이 메아리친다. 죽음을 앞에 두고 고독하지 않을 이가 어디 있을까. 다만 시인은 안다. 죽음이란 거창하게 이야기해야 할 것이 아니라 어릴 적 다리 수술의 흔적으로 몸에 박혀 있는 철심 같은 것일 뿐이란 것을. 그것은 뼈와 살을 불살라버리는 열기 속에서도 "영영 타지 않고 남"(「철심」)아 있을 것이다. 시를 쓰는 마음, 시심(詩心)은 철심과 다르지 않다. 모든 말이 재로 흩어져버린 뒤에도 여전히 남아 고통이 있었음을 기억하게 해준다는 점에서 말이다. 그러니 죽음이 지나갈 때까지, 꽃을 기다리듯 시인은 시를 쓸 따름이다.

安智榮 | 문학평론가

　시집을 묶는 동안 어머니가 돌아가셨다.

　고향에서 사과 농사를 짓던 서른셋 형이 사고로 세상을 떴을 때

　어머니는 매일 저녁 아들이 지냈던 방에 불을 밝혀놓았다.

　2년 넘게 단 하루도 거르지 않았다.

　아버지가 병에 걸려 몸져누웠을 때

　어머니는 매끼 새 밥을 지어 올렸다.

　채 몇숟가락 뜨지 못해 밥이 그대로 남아 있어도

　어머니는 병든 남편을 위해 하루도 거르지 않고

　삼시 세끼 새 밥을 지어 올렸다.

　그렇게 하지 않으면 나중에 죄가 되고 한(恨)이 된다고 했다.

　나도 시를 이렇게 써야 한다.

2019년 7월
고영민

창비시선 435

봄의 정치

초판 1쇄 발행 / 2019년 7월 25일
초판 5쇄 발행 / 2024년 7월 11일

지은이 / 고영민
펴낸이 / 염종선
책임편집 / 한인선 박문수
조판 / 한향림
펴낸곳 / (주)창비
등록 / 1986년 8월 5일 제85호
주소 / 10881 경기도 파주시 회동길 184
전화 / 031-955-3333
팩시밀리 / 영업 031-955-3399 편집 031-955-3400
홈페이지 / www.changbi.com
전자우편 / lit@changbi.com

ⓒ 고영민 2019
ISBN 978-89-364-2435-0 03810